AF461859

RÉPERTOIRE DU CHAT NOIR

UR le Boul'Mich

Chansons du Quartier

par Montoja

Illustrations par

Henri

RÉPERTOIRE DU CHAT NOIR
ET DE L'A... DES ÉTUDIANTS DE PARIS

SUR LE BOUL'MICH

Chansons du Quartier

PAR

G. MONTOJA

Illustrations de Henri GILLET

Οὗτος σὺ μέντοι σπολάδα καὶ χιτῶν' ἔχεις,
ἀπόδυθι. καὶ δὸς τῷ ποιητῇ τῷ σοφῷ.

(Aristophane, les oiseaux).

Traduction libre :
O vous tous, Michés, fouillez vous
Pour nous bailler quarante sous.

1891
IMPRIMERIE FERDINAND IMBERT
7, RUE DES CANETTES, PARIS

SONNET-PRÉFACE

A Rodolphe Salis,
seigneur de Chatnoirville.

A vous, timides bachelettes
Dont le soubrire tant nous plait ;
Pour qu'en vos mignardes bouchettes
Un jour chante nostre couplet ;

Dedyons cest livre incomplet
Qui toutes vous rendra follettes,
Et n'avons pour nous d'aultre plaid
Que cestuy d'esjouir braguettes.

Adoncques serons moult heureux
Si praticquez, gens amoureux,
En vous aimant nostre recette;

Et si, par hasard, Cupidon
Sème en vostre cueur son brandon,
Trouverez doulce la sagette.

G. Montoja,

26 février 1891.

MIMI

Air de *Paris à cinq heures du matin* de (*Desaugiers*)

(A ce satané vicomte GABRIEL DE LAUTREC.)

I

Déjà tout s'éveille,
Plus rien ne sommeille
Dans la cité vieille,
Que vous et que moi ;
Déjà dans la rue,
La foule se rue,
Constamment accrue,
Toujours en émoi.

Que vous importe,
Fermant la porte,
A la cohorte
Des ennuyeux ;

Vous dormez, si belle
Qu'on croit voir Cybèle,
Reposer sous l'aile
De vos deux grands yeux.

II

Vive la paresse,
Puisque rien ne presse,
Prolongez l'ivresse
De votre sommeil;
Et sous la chemise
Fine où se remise
Votre chair exquise,
Narguez le soleil.

Moi, je contemple,
Comme en un temple,
La cambrure ample,
Le creux des reins;

Et la Mappemonde,
Et la croupe blonde
Où partout abondent
Les plis de terrains.

Dormez, j'en profite;
Votre corps m'invite,
Et je vais bien vite
En faire le tour;
Car dans les étreintes,
Les mains sont contraintes,
Ont comme des craintes
De tout mettre au jour.

Je veux connaître
Les coins de l'Etre
Dont je suis maître,
Pour mieux l'aimer,
Ce trésor suave,
Dont je suis l'esclave,
Enfin, je le brave,
Pourquoi l'enfermer ?

IV

Dieu, les belles choses,
Les jolis coins roses,
Que de fleurs écloses,
Parmi les vallons ;
Et sur les collines,
Que de perles fines
Dressent, coralines,
Leurs vaillants jalons.
Ma langue avide,
Lève turgide,
Sa pointe humide,
Vers ces appas ;
Un désir farouche
Me vient à la bouche,
Il faut que je touche
A ce bon repas !

. . . .

. . . .

V

Serait-il possible !
Elle est impassible,
Et reste insensible
Aux feux du plaisir ;

Eh quoi, ma mignonne,
Quand je m'époumonne,
Faites moi l'aumône
Au moins d'un soupir.

Mais la mâtine,
Que je lutine,
Fait la mutine,
Ferme les yeux ;
Puis toute vermeille,
Lorsqu'elle s'éveille :
Me dit à l'oreille :
Merci... ça va mieux....

12 Décembre 1890.

AMOUR ET DISSECTION !

(Air : *Sur la place de la Bastille*)

A Lené, Docteur ès amicales.

I

L'aut' jour ru' d' l'écol' de méd'cine,
Après dîner je me prom'nais,
Lorsqu'un' fillette à fraîche mine
Vint à me passer devant l'nez ;

Une chevelure abondante
Ondulait sur son postérieur,
Elle avait un' grâce mordante,
Enfin beaucoup d'extérieur,

J'la suivis, en me dandinant,
Toujours trottinant, toujours trottinant
Elle allait vers la Faculté,
Mon cœur exultait :
Et je me disais à part moi :
Si j'puis seulement dompter mon émoi,
Je f'rai voir à ce joli chat
La statu' d'Bichat.

II

A deux mains je pris mon courage
Et chassant ma timidité,
J'tins à la fillette un langage
A la Rhétorique emprunté :
« Voulez-vous lui dis-je, ma belle,
(Usant d'l'insinuation)
Voir avec moi c'qu'on appelle
Un' sall' de Dissection ? »

D'abord ell' ne répondit rien,
Puis réfléchissant, ell' dit : Je veux bien,
Cela doit être assurément
Un plaisir charmant.
Comment donc, fis-je avec bonheur,
Ce spectacle là réjouit, le cœur
Et vous pourrez, après vos r'pas,
L'conter à papa.

III

J'offris mon bras avec ivresse
Et j'entrainai la belle enfant,
Oh ! la ravissante maîtresse
M' disais-je à moi-mêm' triomphant;
Puis dans une salle entr'ouverte
Qui schlinguait la Corruption,
Nous vim' des kilogs d' chair verte.
Ça lui fit tant d'émotion,
Qu' la pauvrette prise de peur
Recula d'horreur, recula d'horreur,
Et s'épanchant dans son mouchoir,
Sur moi s' laissa choir,
Puis, malgré mes appels touchants,
Prit la clef des champs, prit la clef des champs,
Et d' puis ce jour quand ell' me voit
Elle a z'un renvoi !

5 Janvier 1891

L'ÉTUDIANTE DE L'HOPITAL St-LOUIS

(Air du *Bal de l'Hôtel-de-Ville, de Mac-Nab*).

(Au Docteur TISSIER,
membre influent de l'A. G. D. E. D. F. D. P.)

I

L'aut'jour près d'l'Hôpital Saint-Louis,
J'rencontre une étudiante,
Je m'dis : Ça n'coûtera pas cinq louis
Elle était souriante.
Vit', j'emboît' le pas
C'était l'heur' du r'pas,
On sortait de l'Hospice.
Je lui dis, très doux :
« Où donc allez-vous ? »
Ell' m'dit : Près d' Saint-Sulpice (*bis.*)

II

Il était midi moins un quart,
J'lui dis : L'heure est tardive.
Si nous faisions un p'tit écart,
Nous mang'rons une grive,
Chez un mastroquet
Tout à fait coquet
Qui d'meure au coin d' la rue,
Ell' dit : Ça va bien ;
Je n'vous r'fus'rai rien,
Mais je n'suis pas un' grue (*bis.*)

III

J'en suis sûr, lui dis-je aussitôt,
C'est pourquoi j'vous accoste,
Après quoi, je pos' mon pal'tot,
Attendant la riposte,
Ell' commande un m'nu
Qui n'était pas m'nu,

Puis ell' m'dit qu'elle est Russe,
Qu'ça l'embêt' beaucoup
D'avoir fui Moscou,
Pour apprend' les virusse.... (*bis.*)

IV

J' lui propos' de la consoler
De cette nostalgie,
Ell' m'répond : J'dois pas rigoler,
J'ai z'une névralgie;
Puis très savamment,
Par un argument
Tiré d' l'Anatomie,
La belle me dit
Que son appétit
S'appelle Boulimie (*bis.*)

V

J'commençais déjà pour ma part
A la trouver mauvaise,
J'avais envi' comm' la Bompart
De filer à l'Anglaise,
Car les plats montaient
Et s'amoncelaient :
La nappe était couverte,
Et je me disais,
Fouillant mes goussets,
La note sera verte (*bis.*)

VI

Pour m'exercer l' tempérament,
V'la qu'ma compagn' s'avise
De m' parler d'un nouveau trait'ment
Contre la chaude brise,

Et pour me fair' voir
Qu'elle a du savoir,
En détail, ell' s'applique
A m' faire pénétrer
C' qu'ell' veut démontrer
De par la statistique (*bis.*)

VII

J'écoutais, sans l' trouver exquis,
L' babil de cett' femelle
Songeant : Au pays d' Padlewsky
V'la d'quoi la femm' se mêle.
Je m'dis morfondu,
J'veux être pendu
Si jamais on m'y r'pince,
Mieux vaudraient cent fois
Les femmes en bois
De la ru' Monsieur l' Prince (*bis.*)

VIII

Bref, je quittai le restaurant,
Quinz' francs d'moins dans ma poche,
J'vais les r'gretter douz' fois par an,
C'n'est pas que j'les lui r'proche.
D'ailleurs à l'av'nir,
Ça pourra m'servir
Si j'fais quéqu'maladresse ;
En cas de besoins,
S'il m'fallait des soins,
J'ai toujours son adresse (*bis.*)

10 Février 1891.

L'EXAMEN DE MEDECINE OPERATOIRE

(Air : *Enterr'ment de ma belle-mère.*)

Au docteur et virtuose ÉMILE LEGRAND.

Mes pauvres amis, c'est demain
Qu'il m' faudra passer l'examen
De médecine opératoire,
Il paraît qu' c'est la mer à boire.
Et j'ai bien peur que Parabeuf
Ne m' dise : T'es pas fort comme un bœuf
Tu peux rev'nir six s'main' plus tard,
Va turbiner mon vieux lascar.

Mais si j' passe avec Pilleau
Hi, hi, oh, oh, hi, hi, ho, ho,
J' n'ai plus la moind' peur pour ma peau,
Hi, hi, oh, oh.
Il m' dira : mon cher ami
Oh, oh, hi, hi, oh, oh, hi, hi,
J' m'aperçois qu' vous n' savez rien
Mention très bien.

II

Si par malheur un agrégé,
Furieux de s'être dérangé
M' disait : Fait'-moi la ligature
D' l'épigastriqu' : Voyez ma hure :

J'crois que j' pourrais dire un amen
Trente francs d' foutus pour c' t' examen,
Mes chers parents, n' m'en veuilliez pas,
Je n' puis rien faire entre mes r'pas.

Mais si j' passe avec Pilleau,
Hi, hi, oh, oh, hi, hi, oh, oh,
Il m' dira : coupez-moi d' la peau
Hi, hi, oh, oh !
Puis, lorsque j'aurai fini,
Oh, oh, hi, hi, oh, oh, hi, hi,
Il m' dira : Vous n' savez rien,
Mention très bien.

III

Pourvu qu'au moins un professeur
Pris par hasard pour assesseur
Ne m' dise amputez-moi la rate ;
Il pourrait bien s' faire que j' la rate
Et j'aim'rais mieux faire un moignon
Avec le bulbe d'un oignon
Ou couper les ongles des pieds
A des malad' estropiés.

Mais si j' passe avec Pilleau
Hi, hi, oh, oh, hi, hi, oh, oh,
Il m'dira, soyez en repos,
Hi, hi, oh, oh,
Vous n' savez pas d' chirurgi'
Oh, oh, hi, hi, oh, oh, hi, hi,
Mais entre nous, ça n' fait rien :
Mention très bien.

Janvier 1891.

LA LYMPHE DE KOCH

(Air : *La Complainte de Fualdès*)

A Pierre Laugier,
de la maison de Molière.

I

Vous que la Tuberculose
Courbe sous son joug affreux,
Pauvres gens si malheureux
De ce qu'un tubercule ose;
Précipitez-vous en bloc
Sur la Lymphe à Monsieur Koch.

II

Que vous font tous les bacilles,
Microbes et batonnets,
Ils seront tous étonnés
D'être pris, les imbéciles,
Et d'être écrasés d'estoc,
Par la Lymphe à Monsieur Koch.

III

O misérables virgules,
Pleurez sur vos propres fils,
Qui pâles et déconfits,
Sont victimes des canules,
Que de Berlin au Maroc
Emplit la Lymphe de Koch.

IV

Et toi, Pluton, Dieu des ombres,
Prépare tes grands locaux
Pour loger ces asticots,
Bannis des cavernes sombres,
Par le formidable choc
De la Lymphe à Monsieur Koch.

V

Il n'est pas de réfractaires :
Tous sont voués à la mort :
Nous n'aurons plus dans le corps
De microbes locataires,
En prenant ainsi qu'un bock
De la Lymphe à Monsieur Koch.

VI

Et (chose plus admirable)
Il n'est pas jusqu'au lupus,
Qui ne résorbe son pus
Sous la lymphe incomparable.
Ah ! fallait pas qu'il fut toc
Pour trouver sa lymphe Koch.

VII

Désormais dans les bastringues,
En guis' de consommations,
On prendra des injections
Dans de petites seringues,
En demandant au mastroc' :
Pour six sous de Lymphe à Koch.

VIII

La cocotte en son alcôve
Aura toujours un flacon,
Afin d'y laver.... ses mains
De cette liqueur blond'fauve,
Et fera par les Shylock
Bien payer la Lymphe à Koch.

IX

Enfin dans les épousailles,
On verra maires, adjoints,
Inoculer les conjoints,
Afin que ces époux aillent,
Sans nul accident *post hoc*,
Cuver la Lymphe de Koch.

X

Et vous, sculpteurs, statuaires,
Prenez marteaux et maillets,
Et sans relâche taillez
Des monuments tumulaires,
Pour inscrire sur le roc
La gloire de monsieur Koch.

15 décembre 1890.

MADEMOISELLE SANS-CORSET

Ce n'était rien qu'une ouvrière
Fort gentille, pas du tout fière,
Et je l'aimais pour ses tétons
Qu'elle avait blancs, dodus et ronds.
Belle fille, fraîche et robuste,
N'emprisonnant jamais son buste,
Riant du busc et du lacet,
Mademoiselle Sans-Corset.

Oh! la chair ferme, la peau fine!
Tout ce qu'aux femmes on devine,
Chez elle on le touchait du doigt.
Bref, c'était un morceau de roi.
Je lui suçais, comme un vampire,
Le bout des seins, elle de rire,
Le minois fraîchement troussé,
Mademoiselle Sans-Corset!

Le sein toujours demeurait ferme,
Tel celui des filles de ferme.
Malgré mes ruts et mon ardeur,
Ne perdant rien de sa raideur,
Il faisait gonfler la chemise
Comme une voile sous la brise,
Quand ma main rude caressait
Mademoiselle Sans-Corset!

Plus d'un sculpteur l'eut voulu prendre
Pour modèle, mais à se vendre
Jamais elle ne consentit.
Son amour-propre la perdit.

Un soir d'hiver l'àpre misère
La prit, elle aima mieux se taire,
Et chaque jour dépérissait
Mademoiselle Sans-Corset!

La pauvre fille était phtisique :
Son téton jadis poétique,
Penchait ainsi qu'un vieux lambeau
Son bout rosé vers le tombeau.
De son baiser la Mort infâme
L'effleurait ; elle rendit l'âme,
Le sein vers l'Eternel dressé,
Mademoiselle Sans-Corset.

Juin 1891.

LES VEUVES DU LUXEMBOURG

(Sur l'air des *Stances de Ronsard.*)

Au docteur VALENTIN,
maître ès-langues.

Le Printemps revient des cieux,
Pour nous faire les doux yeux
Sur le sable des allées;
Et déjà le Luxembourg
Est peuplé comme un faubourg,
De dames inconsolées.

II

Elles vont, les yeux baissés,
Et marchent à pas pressés,
Un doigt soulevant la jupe,
Et, malgré le voile noir
Qui les cache, l'on peut voir
Qu'un désir les préoccupe.

I

A force de voir du Nu
Elles rêvent d'inconnu,
Et le marbre des statues
Les grise comme un encens,
Avec ses appels puissants
De formes demi-vêtues.

IV

Pour éloigner le désir,
Elles croient prendre plaisir
A regarder les fillettes,
Qui vont, la main dans la main,
Sans se douter que demain
Les fera gentes grisettes.

V

Mais, ni les bébés joufflus
Qui comme un flux et reflux
Sur le sable vont et viennent,
Ni le bassin, ni les fleurs
Ne guérissent les douleurs
Des effluves qui les tiennent.

VI

Prends bien garde, ô Jouvenceau,
Toi dont l'âme de puceau
D'un sourire s'effarouche,
Prends bien garde, on ne sait pas
Où peut mener un faux pas,
Ni quel abîme est leur bouche.

VII

Peut être les reins brisés
Par leurs terribles baisers,
Tu viendras, aux saisons neuves,
Promener au Luxembourg
Ton corps fatigué d'amour,
Las de consoler des veuves.

20 février 1891.

LA HUCHETTE

(Air : *A Saint-Lazare*, Bruant).

A TOUZERY,
engraisseur d'hommes.

I

Y a dans un coin d' not' vieux Paris
Une merveille,
Un restaurant dans les bas prix.
Ouvrez l'oreille :
J' suis sûr que vous me r'mercierez
De la recette,
Et que tous en chœur vous irez
A la Huchette.

II

C'est pas loin du Boul' Saint-Germain
Qu' la boîte est sise,
J' puis pas vous indiquer l' chemin
D' façon précise,
Mais j' puis dir' qu' c'est mieux fréquenté
Qu' chez l' père Lunette
Et qu'on vous r'cevra mêm' ganté]
A la Huchette.

III

La clientèl' de la maison
Chaqu' jour varie,
Y a jamais eu d' morte saison,
Mêm' je parie
Que plus d'un de nos députés
Vient en cachette,
En blous' manger des bœufs sautés
A la Huchette.

IV

D'ailleurs on y parle beaucoup
De politique.
On y prépar' plus d'un beau coup,
On y critique,
Et j' conseill'rais à M'sieur Constans
Qui n'est pas bête,
Pour s'instruir' d' boulotter quéqu' temps
A la Huchette.

V

Y a des littérateurs pannés,
Des journalisses,
Des ouvriers aux cuirs tannés,
Des anarchisses,
Des gens qui s' fich' ouvertement
De l'étiquette,
Mais qui mang' très correctement
A la Huchette.

VI

On vous apporte un demi s'tier
Pour vingt centimes,
Deux ronds d' pain blanc, un bœuf entier,
Pour quéqu' décimes ;
Faudrait pas fair' min' d'essuyer
Votre fourchette,
On croirait qu' vous venez faire le fier
A la Huchette.

VII

Y a z'un garçon très diligent
Qui s' nomme Antoine,
Quoiqu'il vous serv' pour votre argent,
Y' s' fait d' la couenne,
Puis une bobonn' au frais minois
Du nom d'Annette,
Qu' chacun d' nous lorgne en tapinois
A la Huchette.

VIII

Bien qu' le patron soit du Cantal,
Ni homm' ni femme,
J' l'aim' mieux qu' c'lui du Continental,
N' fait pas d' réclame,
Sans compter qu'il fait des crédits
C'est y honnête ;
Sur terre il n'y a qu'un paradis :
C'est la Huchette.

IX

Bref je conclus : Si, par hasard,
J'ai d' la marmaille,
Tout au plus sorti du bazar
Faudra qu'elle aille,
Pour y puiser des l'çons d' maintien,
Sans fair' de uettes,
Manger douc'ment l' peu qu' j'aurai d' bien
A la Huchette.

Janvier 1891.

AU QUARTIER!

(Air : *Nous sommes unis par...*)

Au poète Michel Reallès.

Y a des gens hypocondriaques
Qu'ont assez d'culot pour sout'nir :
(C'est à leur z'y donner des claques)
Qu' c'est pas d' not' côté qu'y a l'av'nir.
Quand ils ont parlé des Tuil'ries
Il leur z'y sembl' (va donc, rentier!)
Qu'tout l'rest' c'est qu' des cochonneries.
Moi j'leur dis : V'nez donc voir l'Quartier! (*bis*)

II

Si vous n'avez ni belle-mère,
Ni chien, ni chat, ni perroquets,
Pour n'pas trouver la vie amère
V'nez donc chez nous, tas d' vieux toqués;
Y a des femm' qu'ont la peau très douce,
Qui s'livr' à vous pour un d'mi s'tier,
Et vous verrez brun' blonde et rousse
Fleurir sus' l' trottoir du Quartier! (*bis*)

III

Si vous aimez la nuit tranquille
C'est au Quartier qu'il vous faut v'nir;
Là, d'leur consign', les sergents d' ville
Ont tous perdu jusqu'au souv'nir :
Et si vous geuulez dans la rue,
Les sergots, bien loin d' vous châtier,
Vous félicitent, l'âme émue,
C'est des chos' qu'on n'voit qu'au Quartier! (*bis*)

IV

La race des marlous si fière,
A Montmartre, à Ménilmontant,
Courbe chez nous sa tête altière
Et supprim' le casque montant,
Et ne trouvant plus de marmite
Pour exercer son vil métier,
Le pauvre mec se fait hermite :
C'est des chos' qu'on n' voit qu'au Quartier! (*bis*)

V

Enfin l'animal domestique,
De par tout l'univers cité,
Se montre surtout prolifique
Au pays d' l'Université :
Il n'est qu'un seul lieu sur la terre
Où le lapin n' fait pas d' quartier,
Et ce lieu, pourquoi vous le taire,
C'est encore et toujours l' Quartier (*bis*).

Février 1891.

NOCTAMBULISME

(Fantaisie en mode mineur)

A mon ami J. Crouzat,
homme rangé.

Je ne sais quelle tarentule
Vient chaque soir me tourmenter!
Vainement je veux m'arrêter,
En me disant : C'est ridicule!
Au démon qui vient te hanter,
Résiste : Je suis Noctambule!

Dans la rue où je déambule
Les bras ballants, les yeux éteints,
On n'aperçoit plus de catins
A la lueur du gaz qui brûle.
Pour moi, frôlant les murs déteints,
Je vais seul : Je suis Noctambule!

Est-ce l'ennui qui m'inocule
Ce besoin fou d'errer le soir
Et de vaguer sur le trottoir,
Dès que paraît le crépuscule,
En redingote, en chapeau noir?
Je ne sais : Je suis Noctambule!

D'où vient que mon esprit ulule
Sinistrement quand vient la nuit,
Au moment d'entrer au réduit
Veuf de meubles et minuscule
Où par ton sein je fus séduit,
Mignonne : Je suis Noctambule!

Et je ressens le tentacule
De l'insomnie où je me tords,
Se raidir contre mes efforts
Et s'avancer quand je recule,
En me criant : Ronge ton mors;
Tu seras toujours Noctambule !

5 juin 1891.

EN VADROUILLE

(Air : *Les Filles de la Rochelle.*)

Au docteur Bouteil,
Seigneur de la Dive.

C'est l' sam'di soir qu'on vadrouille
Tout l'dimanche on roupill'ra (on roupill'ra).
Débarrassons-nous d'not'douille,
Et puis qui vivra verra.

Refrain :

Si nous ne somm' pas des andouilles
Ce soir on rira. } (*bis*)

II

Nous nous moquons d'la patrouille,
C'est du décor d'opéra, (cor d'opéra).
Avec sa panse en citrouille,
Le sergot nous respect'ra.

III

Si nous trouvons des grenouilles,
Avec elles on coass'ra (on coass'ra).
Vive les femmes arsouilles,
Y a pas de gêne avec cell'la.

IV

Plutôt qu'de rentrer bredouille,
Jusque chez ell' on suivra (ell' on suivra),
Les femmelett' dont l' cœur s' verrouille,
Quand on leur dit des mots gras.

V

Si nous trouvons des fripouilles,
Qui fass' trop leurs embarras,
Nous leur flanqu'rons des tatouilles,
A seul'fin d' nous faire les bras.

VI

Si dans nos casiers on fouille,
Dans quéqu' temps on y lira :
Cinq francs d'amend' pour vadrouille,
Chant nocturne et cætera.

Février 1891.

SOUS LES GAL'RIES DE L'ODÉON

FANTAISIE

A JEAN COQUELIN
De la maison de Molière

Qu'il pleuve, qu'il neige ou qu'il vente
Comme dit l'ami Siméon,
Y a toujours des bouquins en vente
Sous les gal'ri's de l'Odéon.

C'est une orgi' d'littérature,
Et depuis le roi Pharaon,
Tout c'qui s'est fait sert de pâture,
Sous les gal'ri's de l'Odéon.

Les traités de l'Art culinaire
Et le code Napoléon
Sympathisent à l'ordinaire
Sous les gal'ri's de l'Odéon.

Plus de querelles ; les classiques
Semblent dire : Vas-y Léon !
Aux poèmes des romantiques
Sous les gal'ri's de l'Odéon.

Et plus d'un auteur méritoire
Qui n'ira pas au Panthéon,
Pour le moment chante victoire
Sous les gal'ri's de l'Odéon.

Barrès, Maurice pour les dames,
Y pose avec son orphéon
Magique de bouquins-réclames,
Sous les gal'ri's de l'Odéon.

Combien de gens très respectables,
Le gibus en accordéon,
Goûtent des plaisirs véritables
Sous les gal'ri's de l'Odéon.

Car c'est à l'œil que l'on déflore
Tous les bouquins en montre, et on
Peut s'installer depuis l'aurore
Sous les gal'ri's de l'Odéon.

Et cependant qu'on tripatouille
Derrière, un drame Paléon-
tologique, le public grouille
Sous les gal'ri's de l'Odéon.

Mars 1891.

LE BOUL' MICH APRÈS MINUIT

Air : *Le curé de Saint-Sulpice. — Auteur inconnu.*

A Roussel
Carabin chevelu et myope.

I

Le Boul' Mich' quand minuit sonne,
Au cadran de la Sorbonne,
De tous les côtés rayonne
Aux flammes des becs de gaz ;
On voit à travers des vitres,
Des gens qui boivent des litres,
Et même quelques bélitres
Qui savourent le *Gil Blas*.

II

Des ivrognes, combien rares,
Esquissent des pas bizarres,
Et font sonner les fanfares
De leurs timbres épuisés,
Et parfois sur la chaussée,
Malgré la maréchaussée,
De leur panse courroucée
Chassent des flots irisés.

III

Puis l'ombre se fait, très lente,
Car d'une voix somnolente
La caissière nonchalante.
A dit : Fermez le compteur !
Et les façades s'éteignent,
Et les murs blafards se teignent
D'un gris uniforme où saignent
Des affiches en couleur.

IV

Alors surgissent des rues,
De tous côtés accourues,
Comme un vol épais de grues,
Des femmes au teint pâli,
Qui, semblables aux bacchantes,
Viennent s'offrir, provocantes,
Promettant (feuilles d'Acanthes)
Au noctambule aveuli.

V

D'une voix grêle et qui pleure
Elles disent : Viens sur l'heure,
Joli brun, dans ma demeure,
Tu verras comme c'est bon ;
Viens donc, je suis bonne fille,
Tu me trouveras gentille,
Si t'as froid, j'ai z'une grille
Bien rouge avec du charbon.

VI

Et le miché, que rebute
Le prix élevé, discute,
Et voilà qu'on se dispute,
Chacun droit sur ses ergots,
Tandis qu'on voit pacifiques,
Fuyant les rumeurs publiques,
Mais dignes sous leurs tuniques,
Passer au loin deux sergots !

Mars 1891.

L'ETUDIANT A BULLIER !

Monologue semi-pochard

A mon vieux matelot Yann Nibor
Chantre inspiré des Flots.

Assez comm'ça d'Pathologie ;
J'en ai plein l'c... dos des accouch'ments,
Aujourd'hui c'est la pâle orgie,
Sans compter que j'n'ai plus d'romans.

Décadents ou naturalistes,
J'ai déjà trop soupé d'leurs vers,
Je m'fous item des symbolistes,
Ces cochons-là voient tout d'travers.

Y en a pas un d'ces saltimbanques
Qu'ait su trouver encor' l'moyen
D'faire à tous coups sauter des banques
Et d'avoir l'sou quand on n'a rien.

Donc j'leur dis zut : Voyons ma bourse ;
Y m'reste encor' trent' sous tout neufs :
J'me s'rais pas cru tant qu'ça de r'source ;
J'vais fair' la noc' tout comm' les veufs.

J'crois qu'c'est dix heur' à ma tocante,
C'est tout l'coup d'filer sur Bullier :
Si j'trouve un' femell' provocante,
J'lui propos'rai d'êtr' son pilier.

C'est dit, j'y vais... Tiens v'la la porte,
Y a mêm' des tas d'municipaux...
Pst... l'vestiaire... Hein... l'diab' m'emporte
Si j'vais leur fich' mes oripeaux.

Minc' de chaleur dedans c'te boîte,
Ça vous étouff' avant d'rentrer,
V'la qu' j'ai déjà le front tout moite,
C'que j'fais bien de n'pas m'plâtrer.

C'te femm' là-bas, mais c'est Alice
Qui valse avec un faubourien,
J'crois mêm' qu'ell' me r'garde en coulisse.
Vraiment, ell' ne se r'fuse plus rien.

J'vais fair' de l'œil à sa compagne
La joli' Berth' que j'gobe assez.
Tant pis pour l'mec qui l'accompagne,
Il verra qu'nous somm' cuirassés.

Mais nom d'un chien, v'la qu' j'ai tout juste
De quoi payer mon omnibus,
C'que c'est rasant, comm' dit Salluste,
Faut êtr' chic quand on port' gibus.

Assez d'Bullier comm' ça, mais j'rogne
De r'gagner sitôt mon linceul,
Les femm' crédieu c'est trop charogne,
J'vais coucher avec moi tout seul.

Mars 1891.

CONSEILS AUX TROTTINS

Sur un vieil air du Quartier

A Justin Massot
Pour dilater sa rate juvenile.

I

Pressez le pas et campez votre taille,
Faites saillir vos tétons merveilleux ;
Et sans pudeur, trottins, livrez bataille,
Au sexe fort, du monocle orgueilleux.
Sur le bitume
Plus d'un s'allume
A contempler votre ondulation ;
Et vieux ou jeunes,
Las de longs jeûnes,
Sont prêts pour vous à la damnation.

II

Que votre bas soit rouge ou noir, qu'importe,
Si le mollet, dont on voit le contour,
Nous grise avec l'effluve qu'il apporte
Et si la jambe est ronde et faite au tour.

Soyez certaines,
Que par centaines,
Les fous désirs viendront nous visiter;
L'homme est d'argile,
Partant fragile;
Vous êtes chair, comment vous résister?

III

Surtout sachez d'une œillade ironique
Et d'un sourire équivoque et glacé,
Répondre au vieux dont l'œil devient lubrique
Et dont le style est bête et compassé.
Et s'il insiste,
Suivant la piste,
Sachez rougir et dire : Laissez-moi :
Je suis mineure,
Papa demeure
Tout près d'ici; j'ai treize ans et six mois.

IV

Vous le verrez envahi par le charme
Comme séduit par l'appât du danger,
Vous proposer des violettes de Parme
En demandant votre fleur d'oranger.
Soyez farouches,
Et ses yeux louches,
Soudain remplis de rêves amoureux,
Il sera large,
Poussant la charge,
Et payera bien pour être bien heureux.

V

N'ayez souci de paraître exigeantes ;
L'amour s'accroît par les difficultés ;
De jour en jour soyez plus arrogantes ;
Il faut de l'or à vos appas sculptés.
C'est le problème,
Pour qu'on vous aime,
Ne craignez pas d'user de la rigueur ;
Aux amants riches,
Montrez-vous chiches,
Et donnez tout à vos amants de cœur.

Mars 1891.

LA CHANSON DU MACCHABÉ

(Air des *Halles*, de *Victor Meusy*.)

Au docteur CAZEPIS DE PÉRISTASIS.

I

Dépourvu de bière,
Sur la froide pierre,
Fermant la paupière,
J'ai l'air endormi :
Repos dérisoire,
Sommeil illusoire,
Puisque ma mémoire
Ne dort qu'à demi.
Depuis que je plonge
Dans la mort, je songe
Que tout est mensonge
De ce qu'on m'apprit

Et je vois qu'en somme,
Quoiqu'ait dit Prudhomme,
L'on n'est pas moins homme
Quand on est Esprit.

II

Je vécus honnête
Du métier d'athlète,
N'ayant de galette
Que ce qu'il fallait.
Mais dame, on se grise,
Le métier vous brise,
Un soir par surprise
Je fus affalé.
Un gas d'la barrière
Brisa ma carrière,
Je r'çus par derrière
Un pain si puissant
Que sur un' civière
J'entrai, min' pas fière,
A Lariboisière,
En crachant le sang.

III

Le major, bonasse,
Fit une grimace
En voyant ma face
Et d'abord se tut,
Puis, vers son interne
Tournant son œil terne,
Dit : Pour ma gouverne
Je le crois foutu.

Et j'pris d'la quinine :
Et d' l' antipirine,
Mais tout' la méd'cine
Ne pût rien pour moi.
Et l'major complice
Finit mon supplice
Et j'quittai l'Hospice
A la fin du mois!

IV

En f'sant l'autopsie
L'intern' dit : « Quell' scie!
Faut qu'on m'lait choisie
Pour m'faire turbiner,
C'cochon d'saltimbanque
Fait sauter sa banque,
Sans penser qu'y m'manque
L'temps d'aller dîner.
J'vas bacler la chose,
Faut bien qu'on se r'pose :
Ah! tout n'est pas rose
Dans not' sal' métier!
Dès qu'un malad' crève
Faut l'ouvrir sans trève
Qu' c'en est un vrai rêve
Pour un charcutier. »

V

A l'École pratique
Le soir je rapplique
Et l'moment critique
Allait commencer :

Sans cérémonie
Rompant l'harmonie
De ma chair honnie
Qu'il va dépecer,
Un carabin type,
Vêtu d'un' sal' nippe
Pour vider sa pipe
Frappe sur mes dents,
Et, voyant ma bouche,
Garni' d'une couche
D'un liquide louche
Y crache dedans.

VI

Un' chos' me tracasse,
C'est qu'ma pauv' carcasse
Chaqu' jour s'débarrasse
D'un nouveau lambeau;
Je n'ai plus qu'un' patte
Et cela m'épate
D'être cul de jatte,
Moi jadis si beau;
J'suis privé d'mon sexe
Et cela me vexe
De voir mon annexe
Ainsi maltraité,
Car, sans flatterie
Ni forfanterie,
En fait d'batterie
J'étais bien monté.

VII

A part moi je pleure
Que Dieu soit un leurre

Et j'n'attends plus qu' l'heure
De sortir d'ici;
J'pos'rai chez Villette
Car mon corps d'athlète
Va faire un squelette
Assez réussi!
Ça vaut mieux, en somme,
Que de pourrir comme
Les gens de la gomme
Au fond des caveaux,
Tandis qu'leur famille
Partout s'égosille,
Et qu' leur femm' leur fille
Pleur' comme des veaux.

18 février 1891.

PARIS. — IMPRIMERIE FERDINAND IMBERT
7, RUE DES CANETTES, 7

EN VENTE

A PARIS, 7, RUE DES CANETTES.

www.ingramcontent.com/pod-product-compliance
Ingram Content Group UK Ltd.
Pitfield, Milton Keynes, MK11 3LW, UK
UKHW021215230726
13926UKWH00003B/1040